D0545632

2489- 26 8

Le sous-marin
à pédales

Données de catalogage avant publication (Canada)

Jasmin, Daniel, 1957-

    Le sous-marin à pédales
    Pour les enfants à partir de 7 ans

    ISBN 2-7640-0093-6

    I. La Pan, Carole. II. Titre

PS8569.A72S68 1997   jC843'.54   C96-941474-9
PS9569.A72S68 1997
PZ23.J37So 1997

Ce livre a été réalisé grâce à la collaboration de la Société de déve-
loppement des entreprises culturelles (SODEC).

LES ÉDITIONS QUEBECOR
7, chemin Bates
Bureau 100
Outremont (Québec)
H2V 1A6
Téléphone: (514) 270-1746

© 1997, Les Éditions Quebecor
Dépôt légal, 1er trimestre 1997

Bibliothèque nationale du Québec
Bibliothèque nationale du Canada
ISBN 2-7640-0093-6

Éditeur: Jacques Simard
Coordonnatrice à la production: Dianne Rioux
Conception de la page couverture et illustrations: Carole La Pan
Révision: Sylvie Massariol
Correction d'épreuves: Francine St-Jean
Infographie: Composition Monika, Québec
Impression: Imprimerie L'Éclaireur

Daniel Jasmin

Le sous-marin
à pédales

Illustrations
Carole La Pan

LES ÉDITIONS
Quebecor

À mes fils, Simon et Thomas

Daniel Jasmin

Né à Montréal, Daniel Jasmin est un touche-à-tout. Il est à la fois scénariste, journaliste, photographe, cinéaste et, plus récemment, professeur de religion et de morale au secondaire. Il signait, en 1994-1995, une chronique avec l'écrivain Claude Jasmin dans *La Presse* du dimanche: *Jasmin, père et fils*.

Père de famille depuis une dizaine d'années, c'est en prenant l'habitude de lire une histoire à ses enfants chaque soir que lui est venue l'idée d'en inventer une. *Le sous-marin à pédales* est son premier roman.

Carole La Pan

Carole La Pan a fait des études en arts visuels à l'Université Concordia, puis en sciences de l'éducation à l'UQAM. D'un style qui se situe dans la tendance actuelle de fusion des dernières technologies de l'industrie des arts graphiques et du multimédia, elle a un penchant pour les projets liés de près ou de loin à la paix, à l'environnement et aux droits humains.

Carole La Pan enseigne les arts plastiques au secondaire depuis 1992.

1

Le secret de mon frère

Mon grand frère me cache quelque chose. Il a un secret, j'en suis sûre.

Depuis que les vacances d'été ont commencé, je ne le vois presque plus. Il n'est là qu'à l'heure des repas.

Chaque matin, Vincent trouve des excuses pour fuir la maison. Il nous dit qu'il s'en va se promener dans la forêt, qu'il s'en va à la pêche ou à la chasse. Mais ce n'est même pas vrai! Depuis quelques jours, je l'espionne, et il se rend toujours au même endroit...

* * *

Mon frère et moi habitons en pleine nature au bord d'un petit lac autour duquel il n'y a que quatre maisons.

La première maison est habitée par un homme et une femme venant d'un pays lointain. Ma famille et moi, on n'a jamais osé leur parler. On sait juste qu'ils s'appellent monsieur et madame Tzing. C'est du moins ce qui est écrit sur leur boîte aux lettres!

La deuxième maison, située de l'autre côté de la colline, est habitée par la famille Godette. Les Godette n'ont qu'un seul enfant, un grand gars de l'âge de mon frère. Un jour, sans faire exprès, il m'a lancé une roche sur la tête et je me suis retrouvée à l'hôpital avec trois points de suture! Depuis, mon frère n'a plus le droit de jouer avec lui. Nos deux familles se boudent.

La dernière maison est située de l'autre côté du lac. Personne n'a jamais osé s'en approcher. Gigantesque et très vieille, elle ressemble à un château hanté. Lorsqu'on a emménagé ici, la famille Godette nous a dit qu'elle était habitée par un savant fou...

Une fille de mon âge joue parfois au bord de l'eau. D'où vient-elle? Je n'en sais rien. Je doute qu'elle habite dans ce château, car je ne l'ai jamais vue à mon école. C'est peut-être une apprentie sorcière! Moi, en tout cas, quand je fais le tour du lac en pédalo, je m'arrange toujours pour éviter de passer devant cette maison. Je n'ai pas envie qu'on me jette un mauvais sort!

Longtemps, mon seul ami a été mon frère. Ensemble, on a fait plein de choses: des excursions dans la forêt, des radeaux qui flottaient vraiment, des cabanes dans les arbres. Mais depuis quelque temps, il ne s'intéresse plus à moi. Il disparaît chaque matin. C'est comme si je n'existais plus. Voilà pourquoi j'ai décidé de l'espionner.

* * *

Mon frère termine en vitesse son bol de céréales et se lève d'un coup. Il est huit heures trente.

– *Bye* maman! Je m'en vais installer des pièges pour les lièvres. Je reviens pour dîner.

– Est-ce que je peux t'accompagner, Vincent? Je n'ai rien à faire aujourd'hui.

– Non, non, Julie! Je dois me rendre de l'autre côté de la montagne. C'est trop loin pour toi. Tu ne pourras pas me suivre.

Avant même que je puisse le contredire, il a disparu. Qu'importe! Ce matin, je compte bien découvrir ce qu'il manigance.

Vincent se rend jusqu'au bout du terrain, puis il entre dans le petit sentier qui mène à la colline. Je le suis discrètement en marchant à travers la forêt. Arrivé à la colline, il emprunte le vieux chemin de terre qui descend jusqu'au lac. Je continue à le suivre en cachette.

2

Un gros œuf transparent

Vincent arrive au bord de l'eau et pénètre dans un vieux bâtiment abandonné. C'est donc là qu'il s'enferme chaque jour!

Le bâtiment ressemble à une maison. Mais en fait, c'est une sorte de garage qui servait en ancien temps à remiser des bateaux.

À cette époque, au sommet de la colline, il y avait un chalet en bois rond. Mon père m'a dit qu'il a été incendié il y a quelques années. Le terrain nous appartient depuis. Mon père l'a acheté pour cinq mille dollars.

Ça fait trois matins que j'espionne Vincent et, chaque fois, il est allé s'enfermer là-dedans. C'est sûr qu'il mijote un plan ou qu'il fabrique quelque chose.

Mon grand frère est un constructeur épatant. À douze ans, il fabriquait des cabanes extraordinaires, sur plusieurs étages. L'été dernier, avec mon père, il a tout refait notre cuisine. Papa n'arrêtait pas de dire qu'il était plus habile que lui.

Que fait-il dans cet atelier? Il faut que je le sache! Je m'approche tranquillement de la remise, j'installe une bûche contre le mur et je grimpe dessus. Sans faire de bruit, je jette un coup d'œil par la fenêtre.

Misère du ciel! Vincent est en train de construire un truc incroyable, un truc vraiment bizarre. Ça ressemble à un gros œuf transparent, un œuf assez gros pour y asseoir deux personnes. Mais qu'est-ce que c'est? On dirait un mini-vaisseau spatial!

À l'intérieur de l'œuf, il y a une pompe reliée à des tuyaux, deux places pour s'asseoir et deux pédaliers comme pour faire de la bicyclette.

Mon frère est-il en train de devenir fou? Je n'ai jamais vu une chose pareille. Oups! Voilà que je perds l'équilibre et que je m'écrase par terre. Vincent arrive en courant et me dévisage d'un air furieux.

– Qu'est-ce que tu fais là, Julie? Tu m'espionnes?

Il m'aide à me relever.

– Et toi, pourquoi tu racontes des mensonges à maman? Tu chasses le lièvre dans une remise?

Son visage s'adoucit. Il me sourit et m'entraîne dans la remise.

– Regarde. Je voulais vous faire une surprise, à toi, à papa et à maman. Je voulais qu'il soit complètement fini avant de vous le montrer. Il est beau, hein? J'ai tout fait ça moi-même.

Je m'approche de l'œuf et je regarde mon frère avec des sourcils en accent circonflexe.

– Mais qu'est-ce que c'est? Une machine pour voyager dans le temps?

– Mais non! me lance Vincent les yeux tout pétillants. Tu ne devines pas? Regarde à l'arrière, le gouvernail, la petite hélice...

– Un pédalo super-moderne?

– Tu brûles! C'est un sous-marin à pédales! Un vrai sous-marin capable de plonger sous l'eau et de parcourir le fond du lac!

J'ai beau être une enfant, j'ai l'impression que mon frère rêve en couleurs...

– Tu penses vraiment que ça va fonctionner?

– Et qu'est-ce que tu crois? J'ai tout calculé!

Mon frère m'embrasse sur le front. Je ne l'ai jamais vu dans un tel état.

– Bientôt, Julie, tout le monde va vouloir s'acheter un sous-marin à pédales. Je vais devenir un inventeur aussi célèbre que Joseph-Armand Bombardier, celui qui a inventé la motoneige.

Puis il retourne travailler.

– Maintenant, tu dois me laisser, Julie. Il me reste quelques ajustements à faire. Demain matin, je vais tenter mon premier essai. Je plongerai au fond du lac!

– Est-ce que je peux te regarder faire? Je vais te suivre avec mon masque de plongée et mes pattes de grenouille!

– Non, non, non! Retourne à la maison et pas un mot à personne!

Laisse-moi travailler seul. Quand tout sera au point, j'annoncerai moi-même la grande nouvelle.

3
Premier essai

Vêtu d'un maillot de bain, mon frère traîne son gros œuf dans l'eau. S'il croit qu'il va essayer son sous-marin à pédales en cachette, il se trompe! Cachée derrière une grosse roche, je vois tout ce qui se passe.

Ça ne m'étonne pas du tout que Vincent ait eu l'idée de construire un sous-marin. Il a toujours été fasciné par l'idée de visiter le fond du lac. Faut dire que les Godette ont toujours prétendu que le fond du lac était mystérieux. Ils affirment que parfois, durant la nuit, de grosses bulles s'échappent près de l'île aux Roches. Monsieur Godette dit qu'il y a peut-être un trou sans fond au milieu du lac et que ce bouillonnement proviendrait du centre de la terre.

Mon père aussi dit qu'il a déjà vu de grosses bulles juste en face du château hanté. Il soutient qu'il doit y avoir un monstre qui se cache au fond du lac. Il nous a conté plein d'histoires là-dessus. Ma préférée racontait que le monstre était une création du savant fou et que la petite sorcière avait réussi à l'apprivoiser...

* * *

Mon frère a maintenant de l'eau jusqu'à la mi-cuisse et son œuf flotte comme un ballon! Comment va-t-il réussir à s'enfoncer dans le lac avec ça? J'ai bien peur qu'il soit déçu.

Tout à coup, mon frère accroche une à une de grosses boules

de métal munies d'un anneau à la partie inférieure de son sous-marin. Peu à peu, le gros œuf en plastique transparent s'enfonce dans l'eau. Une fois à demi-submergé, Vincent soulève la partie supérieure de la coquille et pénètre dans son sous-marin. Il est génial mon frère!

Bien assis dans son engin, je le vois qui commence à pédaler. Une hélice se met à propulser l'eau et, miracle! ça avance. J'éclate de rire. C'est plus fort que moi. J'espère qu'il ne m'entend pas. Vincent a l'air d'un bouffon naviguant dans une énorme bulle de savon!

Soudain, mon frère devient débile pour vrai. Il tourne une manivelle et l'eau entre dans son sous-marin! Il y a plein d'eau! Elle recouvre ses pieds, ses cuisses. Il a le derrière dans l'eau! Mais il est fou! Il va se noyer!

Au même moment, le sous-marin disparaît sous l'eau. Je m'inquiète, puis soudain, je comprends tout. L'eau qui entre, c'était prévu! Mon frère fait pénétrer de l'eau dans son sous-marin afin de pouvoir s'enfoncer sous l'eau. C'est en ayant de l'eau jusqu'à la taille et un poids assez lourd fixé à la base de son sous-marin qu'il peut descendre visiter le fond du lac!

Tout ce que je vois maintenant, c'est le bout d'un tuyau fixé à un petit ballon rouge. Je me demande ce que c'est et puis, là encore, je comprends tout. Un tuyau reste à la surface afin que mon frère puisse respirer! Voilà pourquoi il y avait un boyau d'arrosage enroulé derrière son sous-marin. Il se déroule à mesure que le sous-marin s'enfonce. Le bout reste à la surface grâce au flotteur, le ballon rouge!

Mon frère a réellement inventé un sous-marin récréatif sans moteur. Je n'en reviens pas.

Je peux maintenant imaginer le déplacement du sous-marin en suivant des yeux le ballon rouge. Mon frère est rendu en face de notre maison, puis il s'aventure un peu vers le large.

Finalement, je vois le ballon revenir vers la remise.

J'entends un bruit derrière moi. Je me retourne et je vois une ombre dans la forêt. Mon Dieu! Pas un ours! Je sors de ma cachette et je crie:

– Qui est là?

Quelqu'un se sauve en courant. C'est Pierre Godette! Celui qui m'a lancé une roche sur la tête! J'espère qu'il n'a pas découvert l'invention de Vincent.

Maintenant, le sous-marin émerge de l'eau et mon frère sort de sa bulle tout heureux. Je cours vers lui, j'entre dans l'eau avec mes souliers de course et je lui saute au cou.

– Tu as vu, Julie? Tu as vu? Ça marche! C'est extraordinaire!

– Tu es le frère le plus épatant que je connaisse!

– Demain, je vais faire un deuxième essai et je t'emmène avec moi, d'accord?

– Youpi!

4
À mon tour !

C'est le grand jour. Je suis toute fébrile. Pour la première fois de ma vie, je vais parcourir le fond de mon lac en sous-marin! Mon frère et moi descendons le petit chemin de terre qui mène à la remise.

– Regarde Vincent, il n'y a pas de vent. Le lac est comme un miroir. Ça va être génial!

Vincent entre le premier dans la remise, puis il me lance un regard horrifié.

– Le sous-marin a disparu!!!

J'entre à mon tour. Plus rien! L'œuf géant s'est volatilisé! C'est plus fort que moi, des larmes me montent aux yeux. On a volé le sous-marin de mon frère. Soudain, nous entendons rire. Mon frère se précipite dehors.

– As-tu perdu quelque chose? dit une voix.

C'est Pierre Godette! Mon frère s'approche de lui, rouge de colère.

– C'est toi qui as volé mon sous-marin?

– C'était un sous-marin, ça? Je pensais que c'était une soucoupe volante! J'ai appelé les policiers et ils sont venus la chercher.

Mon frère ne semble pas d'humeur à rire.

– Arrête de déconner, Pierre. Dis-moi tout de suite où tu as mis mon sous-marin, sinon...

– O.K., calme-toi, rétorque Pierre d'un œil malicieux. Je voulais juste te jouer un tour. Regarde, il est là ton engin.

Mon frère et moi, on se retourne. Le sous-marin est juste à côté de nous. Il flotte sur l'eau, caché derrière la roche géante.

– J'ai essayé de naviguer avec ça, mais ça ne marche pas. Ça tourne dans tous les sens, dit Pierre en marchant vers l'œuf.

– C'est sûr, dis-je. Mon frère a construit un sous-marin, pas un bateau! Il faut installer des poids tout autour.

Pierre nous regarde d'un air incrédule.

– Vous voulez me faire croire que cette chose-là est capable d'aller sous l'eau?

– Absolument! dis-je. Et tu vas en avoir la preuve pas plus tard que tout de suite!

– En effet... renchérit mon frère.

* * *

Vincent et moi sommes assis dans le sous-marin et nous commençons à pédaler. Pierre nous regarde assis dans sa vieille chaloupe. Vincent tourne la manivelle et l'eau se met à entrer dans le sous-marin. Quelques secondes plus tard, j'ai le derrière dans l'eau!

– Julie, quand l'eau va atteindre ton nombril, on va commencer à s'enfoncer.

Ce n'est pas long que le sous-marin plonge sous l'eau. Wow!

Je vois le fond du lac avec une clarté inouïe. Il y a une forêt d'algues à gauche, de gros rochers à droite. C'est à la fois un peu inquiétant et très excitant!

— N'arrête pas de pédaler, m'explique Vincent. Le pédalier ne sert pas qu'à faire avancer le sous-marin. Il actionne aussi la pompe qui nous approvisionne en air frais.

Je lève la tête et j'aperçois des bulles d'air et le boyau d'arrosage qui monte jusqu'à la surface, accroché au petit ballon rouge. Il y a une embarcation là-haut. C'est probablement la chaloupe de Pierre. Il essaie de nous suivre.

– Tu veux tenir le gouvernail? me demande mon frère.

– Oh oui !

C'est moi maintenant qui dirige le sous-marin! J'entre un peu dans la forêt d'algues, puis je contourne un gros rocher difforme. Il y a plein de poissons autour de nous. C'est super, mais je suis un peu nerveuse.

– Et comment fait-on pour remonter à la surface?

– C'est très simple, me dit Vincent. Je contrôle tout avec cette manivelle. Quand je l'ouvre, l'eau entre et on s'enfonce plus profondément. Quand je la referme, l'eau sort par la pression d'air et on remonte.

Au même moment, le sous-marin est secoué dans tous les sens. Vincent me regarde. Son visage tourne au blanc.

– Mais qu'est-ce qui se passe, sapristi?

J'aperçois Pierre à la surface, dans sa chaloupe. Il tire sur le ballon rouge! Crouch!!! Le boyau vient de s'arracher. L'eau gicle de partout! J'en reçois plein le visage.

– Misère de ciel! C'est pas possible! crie Vincent.

Je suis morte de peur. L'eau s'infiltre à toute vitesse dans le sous-marin. On s'enfonce rapidement. Avant même que je puisse dire quoi que ce soit, on touche le fond. Bong! Je m'accroche à Vincent.

– Vincent! On va se noyer! On va mourir! Au secours!

5

La peur de ma vie

Vincent tente de rester calme.

– Ne t'inquiète pas, Julie. Je sais quoi faire en cas d'urgence.

Ne pas m'inquiéter? Facile à dire! On est pris au fond d'un lac dans un sous-marin et j'ai de l'eau jusqu'en dessous des bras!

Mon frère décroche derrière lui un flotteur bleu relié à une corde.

– Prends ça, Julie. Il va falloir remonter à la surface à la nage. Ce flotteur va t'aider. Dès qu'on aura de l'eau par-dessus la tête, j'ouvrirai la coquille.

– Mais pourquoi n'ouvres-tu pas la coquille tout de suite? Je veux sortir d'ici au plus vite, moi!

– Je ne peux pas, à cause de la pression d'air. Il faut que le sous-marin se remplisse complètement d'eau avant que je puisse ouvrir la porte.

L'eau atteint mon visage. Mon frère me prend par les épaules et me soulève. Je peux à nouveau respirer. L'eau monte. L'eau monte. Mon frère s'apprête enfin à ouvrir la porte. Je prends une dernière respiration. La porte s'ouvre. Ouf!

Je nage. Je nage. J'arrive enfin à la surface. Je vois Pierre dans sa chaloupe. Je lui crie:

– Au secours, Pierre! Viens nous chercher!

– Allez, vite! renchérit mon frère.

Pierre a l'air honteux. Il rame vers nous à toute vitesse. On embarque dans sa chaloupe. Vincent le regarde dans le blanc des yeux.

– Mais qu'est-ce que tu as fait? Tu es fou! Tu as arraché le boyau qui nous permettait de respirer! On aurait pu se noyer!

– Je ne le savais pas moi, nous dit-il dépité. Je voulais juste vous faire une blague. Je voulais essayer de vous remonter à la surface en tirant sur le boyau. J'ai commencé à tirer et puis, tout à coup, ça a lâché. Je suis désolé...

Vincent m'arrache des mains le flotteur bleu et la corde. Je me rends compte que ce flotteur nous permettra maintenant de récupérer le sous-marin. Mon frère s'approche de Pierre.

– Aide-moi, maintenant. On va remonter le sous-marin...

Pierre et Vincent tirent sur la corde. Ça n'a pas l'air facile. Il est lourd, ce sous-marin! Moi, pendant ce temps, je reprends peu à peu mes esprits...

* * *

On n'a rien raconté aux parents. Le lendemain, mon frère arrive en trombe dans ma chambre. Il a l'air soucieux.

– J'ai rencontré Pierre, hier soir. Il m'a dit qu'il allait dévoiler mon secret à tout le monde si je ne lui accordais pas une faveur.

– Quelle faveur?

– Je n'en sais rien. Il m'a donné rendez-vous ce matin à la remise. Tu veux venir avec moi?

– Bien sûr!

On arrive devant la remise.
Pierre est déjà là. Il a troqué ses
vieux jeans troués pour un
maillot de bain. Mon frère s'approche de lui.

– Et alors, c'est quoi cette faveur?

– Si tu veux que je garde le secret, Vincent, tu dois me permettre d'essayer ton sous-marin!

Mon frère réfléchit un moment.

– Bon, d'accord... lui dit-il. Je
t'emmène faire un tour.

– Un tour? Pas question! Je
veux piloter ton sous-marin tout
seul. Je suis bien assez grand. J'ai
un an de plus que toi.

Mon frère a l'air hésitant. Je
sens qu'il a peur que Pierre fasse
une bêtise. J'ai une idée.

– Et si c'est moi qui t'accompagne, tu acceptes?

– Toi, Julie? Ouais... Je veux bien, mais c'est moi qui tiens le gouvernail.

Mon frère me regarde, étonné.

– Tu es prête à aller au fond du lac avec lui?

– Mais oui...

– Bon, alors c'est d'accord, dit mon frère en haussant les épaules.

Puis il se tourne vers Pierre.

– Mais avant de partir, tu dois bien écouter mes explications. Ce sous-marin est facile à piloter, mais il faut bien comprendre son fonctionnement...

6

Au fond du lac

Me voilà rendue sous l'eau avec le grand Godette! Heureusement qu'il pilote bien l'appareil. Il a écouté attentivement les conseils de Vincent. «Wow! C'est super-amusant», qu'il répète sans cesse.

Nous sommes rendus assez profond. Dépassé la forêt d'algues, c'est encore plus beau. Le fond est inégal et il y a de grosses roches partout. Certains poissons sont énormes, mais aucun ne semble effrayé par notre présence. Soudain, nous apercevons une épave.

– Eh Julie! Regarde! Il y a quelque chose au fond de l'eau.

– C'est un vieux bateau, je
crois.

Pierre fait virer le sous-marin
et pédale en direction du navire.

– Mais c'est le bateau de mon
oncle qui a coulé un soir de tem-
pête! s'exclame-t-il.

On passe tranquillement au-
dessus du bateau de l'oncle, qui
est couvert d'une mousse verdâ-
tre à présent. Une grosse carpe se
montre le bout du nez, puis elle
retourne sous la coque. On l'a
sans doute réveillée!

Pierre se dirige maintenant
vers le milieu du lac. On s'en-

fonce de plus en plus profondément et tout devient plus sombre.

– Faudrait pas aller trop loin, lui dis-je.

Pierre me fait un clin d'œil.

– On va peut-être découvrir le repère du monstre qui se cache au fond du lac.

– Tu as déjà vu des bulles, toi aussi?

– Pas moi, mais mon père en a vu. Tout près de l'île, en face du château hanté. Il a même déjà aperçu des empreintes énormes au bord de l'eau...

Le lac devient soudainement très profond et Pierre décide de s'enfoncer davantage. Je commence à avoir un peu peur. On entend des craquements. Rendus à cette profondeur, on se croirait sur la lune! Il n'y a plus rien: plus d'algues, plus de roches, que du sable.

Il fait presque noir et on avance sans trop savoir où l'on va. Soudain, ça remonte. Il y a comme une montagne devant nous. Une montagne sous l'eau! Et qu'est-ce qu'on voit? L'entrée d'une grotte. Pierre semble tout excité.

– Wow! Une grotte!
– On devrait peut-être remonter à la surface. Mon frère va s'inquiéter.

– Non! Non! On rentre là-dedans. Je veux voir ce qu'il y a. Tu as peur?

– Moi? Pas du tout... J'ai juste pas envie de me battre avec un monstre...

Le sous-marin pénètre dans la grotte. Ça ressemble à une galerie souterraine. Le passage nous force à nous diriger vers le haut. Nous progressons tout doucement dans le tunnel. Puis, brusquement, nous débouchons dans une caverne faiblement éclairée. Il y a des stalagmites et des stalactites! Il n'y a plus d'eau! C'est fabuleux! Pierre ouvre la coquille du sous-marin et sort de l'appareil.

– C'est fantastique! Une grotte au fond d'un lac. Et je peux respirer! Wow! Qu'est-ce que tu attends, Julie? Tu ne sors pas?

J'ai la trouille, mais je n'ose pas le lui dire. Il est vraiment intrépide, ce Godette.

– Écoute Pierre, nous sommes peut-être réellement dans le repère du monstre!

Pas moyen de le faire changer d'idée. Devant son insistance, je finis pas sortir du sous-marin.

– Regarde Julie, on dirait qu'il y a un passage là-bas.

– C'est froid et humide ici. Et puis, il fait noir comme chez le loup. On devrait s'en retourner...

– Mais non Julie, regarde, on dirait qu'il y a davantage de lumière là-bas. Viens!

Pierre m'entraîne malgré moi dans ce fichu passage. Je suis morte de peur. Nous avançons tranquillement quand soudain, horreur! une ombre se dresse devant nous! Pierre fige. Je recule.

Est-ce le monstre? Mon Dieu...
La chose s'empare de Pierre et le
jette par terre. J'entends crier.

– Au secours! Au secours! Julie!

Je ne peux quand même pas
laisser Pierre se faire dévorer
tout cru. De toutes mes forces, je
me jette sur le monstre. Je réussis
à lui faire perdre l'équilibre. Il
tombe par terre. Boum!

Je distingue deux bras, une
tête, des cheveux, un visage.

Mais ce n'est pas un monstre. C'est un être humain, c'est une fille de mon âge!

– Aïe! Ouille!

Je l'aide à se relever.

– Mais je te connais, toi!

– Peut-être. Je m'appelle Betty, dit la jeune fille avec un drôle d'accent. Moi aussi, je te connais. Tu es la fille qui se promène en pédalo, non?

– Oui, je m'appelle Julie.

Je recule de quelques pas. C'est donc elle la petite sorcière! Aurait-elle apprivoisé le monstre pour vrai?

– Alors, c'est toi qui habites le château hanté? Heu... je veux dire la grosse maison de pierre?

– Oui. Un week-end sur deux, me précise-t-elle en secouant sa robe.

– Mais qu'est-ce que tu fais ici? Qu'est-ce que tu fais dans un endroit pareil?

Pierre semble encore plus perdu que moi. Il se relève et regarde Betty l'air décontenancé.

– Hein! C'est la petite sorcière?

Betty ne semble pas avoir entendu cette remarque. En fait, elle semble aussi surprise que nous.

– Comment êtes-vous parvenus jusqu'ici?

– En sous-marin, dis-je.

– En sous-marin!!! Par la grotte?

– Eh oui! Mon frère a inventé un sous-marin à pédales. Mais toi, explique-moi. Comment es-tu arrivée ici?

Betty réfléchit un instant.

—Suivez-moi, nous dit-elle à voix basse. Vous allez découvrir le secret de mon père, notre secret...

7

Toute une découverte!

Betty nous entraîne vers le fond du passage. Plus nous marchons, plus il fait clair. Nous arrivons devant une porte métallique.

– Mais où sommes-nous rendus, pour l'amour du ciel?

Pierre a l'air complètement perdu. Il observe les lieux d'un air stupéfait.

– Moi, je ne comprends rien... Je ne comprends strictement rien...

La petite sorcière ouvre la porte. Un vent tiède caresse notre visage.

– Je vous avertis tout de suite, vous allez être surpris, dit-elle.

Pour être surpris, nous sommes surpris! Pierre et moi pénétrons dans une pièce qui ressemble à un salon. Il y a un téléviseur, un lecteur de CD et même un ordinateur multimédia! Est-ce la maison de Betty? Mais c'est impossible. Nous sommes sous l'eau!

J'ai l'impression de rêver. Betty court dans la pièce et se jette sur un gros canapé fleuri.

— Bienvenue chez nous! dit-elle. C'est beau, hein?

C'est plus que beau, c'est extraordinaire! Des hublots géants nous permettent d'admirer le fond du lac. De jolis poissons argentés viennent se coller aux fenêtres. On se croirait dans un gigantesque aquarium!

— Mais où sommes-nous au juste? dis-je.

– Vous êtes dans le Nautilus.
Un lieu construit par mon père
au fond du lac!

– Mais comment fais-tu pour
venir jusqu'ici?

– Il y a un souterrain qui relie
le Nautilus à notre maison. Au
pas de course, ça me prend trente
secondes!

Pierre regarde par un des hublots, puis il se tourne vers Betty.

– Et la caverne, c'est ton père
aussi qui l'a construite?

– Non, c'est une caverne natu-
relle sous l'île aux Roches. Il y a

vingt ans, mon père l'a décou-
verte en faisant de la plongée
sous-marine. Puis, à la mort de
mon grand-père, quand il a héri-
té de la maison, il a eu l'idée de
construire le Nautilus.

Je m'assois à côté de Betty.

– Tu as un père pas ordinaire!

– Oh oui! Il adore la vie sous-
marine. Quand j'étais plus jeune,
il allait souvent se baigner dans
la caverne. Il lui arrivait même
de plonger sous l'eau, de suivre
le passage de la grotte et de res-
sortir en plein milieu du lac!

Pierre s'affale dans un fauteuil
et regarde à nouveau Betty.

– Comment as-tu fait pour savoir que nous étions dans cette
grotte?

– J'ai entendu du bruit. J'étais
ici en train d'écouter la télévi-
sion. Ça semblait venir de la ca-

verne. J'hésitais à aller voir, car mon père ne veut pas que j'aille jouer dans la caverne.

– Pourquoi?

– Eh bien, lorsqu'on ouvre trop souvent la porte de métal, ça fait des courants d'air et ça crée parfois des bulles à la surface du lac...

J'éclate de rire. Voilà donc l'explication du mystérieux bouillonnement du lac: de simples courants d'air!

– Quand j'étais plus petite, j'étais convaincue qu'il y avait un monstre au fond du lac! dis-je à Betty.

Pierre rit de bon cœur lui aussi.

– Moi, je n'y croyais plus... Mais quand tu m'as sauté dessus dans la caverne, j'avoue que j'ai cru que tu étais le monstre!

Betty rit à son tour, puis elle devient sérieuse.

– Mais là, vous avez découvert le secret de mon père. Je ne sais pas ce qu'il va dire...

– Mais ce n'est pas de ta faute! lui dis-je. Tôt ou tard, on aurait découvert votre Nautilus...

– Oui, sans doute...

Betty se lève.

– Venez! Je vous amène chez moi. On va tout raconter à mon père.

Nous suivons Betty et nous pénétrons dans un long couloir ressemblant à un gigantesque tuyau. Au bout, il y a un escalier. Betty monte les marches quatre par quatre. Pierre et moi avons du mal à la suivre. Rendue en haut, elle ouvre une petite porte et nous voilà dans le sous-sol de sa maison! C'est une drôle de pièce remplie de machines et d'objets bizarres.

– Ici, c'est le laboratoire de mon père, nous explique-t-elle. Mon père est un grand inventeur. Suivez-moi, on va aller le voir.

Nous montons l'escalier de la cave. Au salon, le papa de Betty est en train de lire le journal. Il sursaute en nous voyant surgir. Betty prend un air de circonstance.

– Papa, il est arrivé quelque chose d'incroyable: nos voisins d'en face ont inventé un mini-sous-marin et ils ont découvert la caverne et le Nautilus. Papa, je te présente Julie et son frère...

Le père semble complètement abasourdi. Je corrige Betty.

– Ce n'est pas mon frère, c'est Pierre Godette, notre voisin.

Mon frère nous attend toujours au bord de l'eau...

En disant cela, je me rends compte que Vincent doit paniquer à l'heure qu'il est!

– Mon Dieu! J'étais en train d'oublier mon frère Vincent!

Je me précipite à la fenêtre et j'aperçois trois embarcations au milieu du lac: la chaloupe des Godette, notre pédalo et le yacht des Tzing! Je sors et je cours vers la plage. Pierre, Betty et son papa me suivent.

J'arrive au bord de l'eau. J'aperçois, au loin, mon frère, ma mère, monsieur Godette et madame Tzing. Je leur crie:

– Ohé! Ohé! Nous sommes ici!

Tout le monde se retourne et nous regarde, l'air surpris. Debout dans le pédalo, ma mère me crie à son tour:

– Mon Dieu, Julie! Qu'est-ce que tu fais là?

– Venez! Venez! Je vais tout vous expliquer.

Le papa de Betty se penche vers moi et fronce les sourcils...

Épilogue

Depuis cette aventure mémorable, tout le monde connaît l'existence du Nautilus. Le papa de Betty a fini par accepter de le faire visiter à mon frère, puis à mes parents. Finalement, il a organisé une fête pour tous les résidants du lac. Une fête au fond du lac! J'y étais, c'était super-amusant!

Évidemment, tout le monde connaît aussi maintenant l'existence du sous-marin à pédales. Mon frère a été très occupé durant les jours qui ont suivi. Tous nos voisins lui ont demandé de faire un tour! Vincent connaît maintenant le fond du lac comme le fond de sa poche!

Celui qui a été le plus impressionné par cette invention a été le père de Betty. Mon frère lui a appris à piloter l'engin seul. Il adore ça. D'ailleurs, monsieur Anderson lui a proposé de faire équipe avec lui pour commercialiser son invention. Il est prêt à investir beaucoup d'argent là-dedans. Il est convaincu que ça va être un succès.

C'est fou mais, depuis cette folle histoire, tous les résidants du lac se parlent et s'entraident: ma famille, la famille Godette, monsieur Anderson, monsieur et madame Tzing. Finies la méfiance et les disputes! Nous sommes devenus une grande famille!

Pierre Godette s'est même trouvé un job d'été. C'est lui maintenant qui entretient la pelouse de monsieur Anderson!

Et puis, Betty et moi sommes devenues des amies inséparables! Quand on ne connaît pas les gens, on est souvent méfiant et plein de préjugés. C'est idiot, non? Betty m'a confié qu'elle désirait depuis longtemps devenir mon amie, mais qu'elle était trop timide pour venir me voir.

Les inventions font parfois naître de bien belles amitiés...